AF559823

जलपरी

जलपरी

ओगावा मिमेई
शिमाजाकी तोसोन
कोजिमा मासाजिरो

अनुवाद और चयन

उनीता सच्चिदानन्द

राजकमल प्रकाशन

ISBN : 978-81-267-0621-1

मूल्य : ₹495

पहला संस्करण : 2002
पहली आवृत्ति : 2023
This book is printed on **Print on Demand** Technology : 2025

प्रकाशक : राजकमल प्रकाशन प्रा.लि.
1-बी, नेताजी सुभाष मार्ग, दरियागंज
नई दिल्ली-110 002
शाखाएँ : अशोक राजपथ, साइंस कॉलेज के सामने, पटना-800 006
पहली मंजिल, दरबारी बिल्डिंग, महात्मा गांधी मार्ग, प्रयागराज-211 001
1, अनमोल सोराबजी संतुक लेन, धोबी तलाव, मरीन लाइंस, मुम्बई-400 002
वेबसाइट : www.rajkamalprakashan.com
ई-मेल : info@rajkamalprakashan.com

आवरण साभार : शोनेन शोजो निहोन बुनगाकुकान :
14, कोदांश, तोक्यो, 1986

JAL PARI
Selected & Translated by Unita Sachidanand

दो शब्द

भारत और जापान के राजनयिक सम्बन्ध की इस स्वर्ण जयन्ती वर्ष में जापानी लोक साहित्य, बाल तथा आधुनिक साहित्य की इस शृंखला को भारतीय पाठकों को समर्पित करते हुए मुझे अपार हर्ष हो रहा है। इस शृंखला में 12 पुस्तकें प्रकाशित हो रही हैं। इनमें से दो पुस्तकें जापानी लोक कथाओं और तीन जापान के विशिष्ट बाल कथाकारों की चुनिंदा रचनाओं से सम्बन्ध रखती हैं।

इन पुस्तकों में मैंने नीइमी नानकिचि, हामादा हिरोसुके, त्सुबोता जोजी, मुशानोकोजी सानेआत्सु, ओगावा मिमेई और शिमाजाकी तोसोन जैसे दिग्गजों की रचनाओं को सम्मिलित किया है। दो और पुस्तकें अग्रणी समकालीन कथाकार ओका शूजो की बहुचर्चित पुस्तक 'बोकु नो ओनेसान' का अनुवाद है जिसे मैंने जापान की श्रीमती योशिको ओकागुची के साथ मिलकर सम्पन्न किया है।

आधुनिक एवं समकालीन जापानी साहित्य का अवलोकन अन्य पाँच संकलनों में आयोजित करने की चेष्टा की गई है। इनमें जहाँ कावाबाता यासुनारी की 'हथेली-भर कहानियाँ' हैं वहीं मियाजावा केन्जी, आवा नावाको और ओगावा मिमेई की फंतासी, आकुतागावा र्‍यूनोसुके का व्यंग्य, शिगा नाओया, आरिशिमा ताकेओ व मात्सुतानी मियोको की भावपूर्ण संवेदनात्मक रचनाएँ भी हैं।

जापान के आर्थिक और सामाजिक विकास की यात्रा, द्वितीय विश्व महायुद्ध के विध्वंसक परिणामों तथा पूँजीवादी प्रोद्योगिकीकरण से प्रभावित सामाजिक और आर्थिक हलचलों को संबोधित करते आबे कोबो, साता इनेको तथा हायाशी फुमिको की रचनाएँ एक अलग ही पहलू से हमारा साक्षात्कार कराएँगी। बारहवीं पुस्तक आधुनिक जापानी साहित्य और साहित्यकारों से भारतीय पाठकों का परिचय कराएँगी। उम्मीद है कि इन पुस्तकों के जरिए जापानी साहित्य की एक लघु यात्रा पाठकों को पसंद आएगी। पिछले पाँच वर्षों से मैं इस कार्य के सम्पादन में प्रयत्नशील रही हूँ। इस कोशिश में मेरा

हौसला बढ़ाते और हर पल सहयोग करते मेरे कई मित्रों का महत्त्वपूर्ण योगदान रहा है।

सर्वप्रथम मैं भारत में जापान के राजदूत श्री हिरोशी हीराबायाशी के प्रति अपना आभार प्रकट करना चाहती हूँ जिन्होंने इस कार्य के लिए मुझे प्रोत्साहित किया। जापान की संस्कृति व सूचना केन्द्र के निदेशक श्री मिनेमुरा, राजदूत के विशिष्ट अधिकारी कु. हिरोमी सातो और श्री शिनसुके जो स्वयं बखूबी हिन्दी भाषा और साहित्य की अच्छी जानकारी रखते हैं; जापान फाउण्डेशन के निदेशक श्री फुकाज़ावा एवं उपनिदेशक कोजी सातो का मैं धन्यवाद करना चाहूँगी जिनका सहयोग मुझे लगातार मिलता रहा।

इन पुस्तकों की पाण्डुलिपि की तैयारी के दौरान राजकमल प्रकाशन के श्री उपेन्द्र झा, श्री चेतन क्रान्ति, श्री नरेश कुमार शर्मा, श्री तपस सरकार, आकांक्षा कम्प्यूटर के श्री नारायण एवं जवाहरलाल नेहरू विश्वविद्यालय के पूर्व एशियाई अध्ययन केन्द्र के शोधछात्र श्री संदीप कु. मिश्र से मिला योगदान अविस्मरणीय है। लेकिन इस यात्रा में राजकमल प्रकाशन के निदेशक श्री अशोक कुमार महेश्वरी का एक अभूतपूर्व योगदान है जिसकी वजह से मेरी मेहनत सफल हो पाई है।

अंत में, मैं अपने पति डा. सच्चिदानन्द सिन्हा, पुत्री वरुणी और पुत्र सोहम के प्रति अपना आभार प्रकट करना चाहूँगी, जिन्होंने विगत पाँच वर्षों के दौरान मुझे न सिर्फ उपयुक्त माहौल प्रदान किया बल्कि घर-परिवार की जिम्मेदारी में मेरा हाथ बँटाया। उनके धैर्य के अनन्त भण्डार के बगैर यह कार्य मैं कदापित संपादि नहीं कर पाती।

उनीता सच्चिदानन्द

चीनी व जापानी अध्ययन विभाग

दिल्ली विश्वविद्यालय

दिल्ली

FOREWORD

Inquisitiveness has always been a basic human trait, with mankind constantly seeking to learn more and more about other civilizations and cultures. Each nation has its own unique culture and way of living, about which people in other countries are always curious to know. Literature is the medium that provides a window to other societies, by helping us to understand their thoughts and aspirations. But, sometimes difference in language acts as a barrier in this task. It is here that the significance of literary translations comes to the fore. Literary translations have performed an important role of promoting global cultural interaction since times immemorial, and will continue to do so in the future as well.

The year 2002 make the 50th anniversary of diplomatic relations between Japan and India, which were established in April 1952. These fifty years have seen our relationship grow into a multi-dimensional one, covering a diverse range of areas such as political, economic, defence, art and culture, etc. Today, the ties between Japan and India are deeper and larger than ever before, based on mutual understanding and respect for each other. While the past fifty years have been positive and productive, we would like the next fifty years to be more so, and look forward to fruitful and close relations between our two peoples in the coming decades.

Dr. Unita Sachidanand has played a significant role in the promotion of mutual understanding between the people of our two countries. Having dedicated herself to the cause of strengthening the ties between our two countries through mutual appreciation of literature, she has once again undertaken the commendable initiative of introducing Japanese literature to Indian readers in Hindi. In 1998, she has brought out three volumes of translated Japanese literature. This time, she brings out a set of twelve tiles to commemorate the Golden Jubilee of Japan-India Diplomatic Relations. These books cover a wide variety of Japanese literary genre — from folk tales to modern fantasies, satire, children's stories, and mainstream literature written by some of the finest Japanese writers of all times. She also records two narratives presented by the *katari*, be the tradition Japanese storytellers.

Her selection is truly impressive and covers a wide spectrum of Japanese literature. In her collection, she has picked up representative stores from different periods in such a manner that they take the reader through a comprehensive literary journey of Japan. The first book contains some of the everlasting folk tales representing legends, myths and beliefs of Japan. These have been retold by the author in an absorbing style that would be liked by readers of all ages. The next three books carry an assortment of children's sotries specially written by some of the greatest literary craftsmen of Japan, such as Niimi Nankichi, Hamada Hirosuke, Shimazaki Toson, Mushanokoji Saneastsu, Tsubota Joji and Matsutani Miyoko. Though most of these authors belong to the mainstream of Japanese literature, the present selection includes those stores that these great writers have crafted specially for children. Japanese children virtually grow up with these stories, as some of these also find a place in most school textbooks in Japan.

I am particularly touched by the six stories by one of the contemporary Japanese authors, Oka Shuzo, profiling the life of the mentally and physically challenged persons. The compassion presented in these stories is a befitting tribute to the cause of such differently gifted persons. This book has received several awards such as the Akai Tori Award, Niimi Nankichi Award and Tsubota Joji Award, and has also been produced as a motion picture. This book is being brought out by Dr. Sachidanand in collaboration with Ms. Yoshiko Okaguchi of Japan, highlighting the need for such collaborative initiatives in this Golden Jubilee Year of Japan-India Friendship.

The collections included in two of the twelve titles have been largely devoted to fantasies created by Ogawa Mimei, Miyazawa Kenji and Awa Naoko. Four of the titles represent mainstream Japanese literature immaculately selected from the writings of influential authors such as Shiga Naoya, Akutagawa Ryunosuke, Arishima Takeo, Sata Ineko, Abe Kobo, Hayashi Fumiko, Matsutani Miyoko and last but not the least, an interesting collection of what is often referred to as the 'palm-sized stories' of Kawabata Yasunari, the first Japanese Noble laureate in literature. This volume of Kawabata's short stories has been translated by the students of Japanese literature in the University of Delhi, where Dr. Sachidanand teaches. I find it truly heart-warming that the translators and the editor have dedicated these stories to the long life of Japan-India Friendship in the true spirit and character of the 'palm-sized stories'. I congratulate the young scholars of Japanese language and literature for their commendable gesture.

In order to help the Indian readers appreciate the collection presented in these multi-volume anthologies of Japanese literature, Dr. Sachidanand aptly adds the twelfth one, which presents a lucid and comprehensive history of modern Japanese literature and its notable contributors. It is praiseworthy to note that the author traverses the entire gamut of Japanese literature from the Meiji period onwards, covering the contemporary trends in Japanese literature as well. She devotes a separate chapter highlighting the contribution of women authors in Japan.

I have great appreciation and admiration for all the efforts taken by Dr. Unita Sachidanand in preparation of these books, and would like to congratulate her and the publisher, Rajkamal Prakashan, for accomplishing such a magnificent task in this Golden Jubilee Year of Japan-India Diplomatic Relationship. I wish the author and the publisher an outstanding success in their current as well as future endeavours.

Hiroshi Hirabayashi
Ambassador of Japan to India

क्रम

जलपरी

ओगावा मिमेई

(1882-1961)

'जलपरी' कहानी में बुढ़िया का हृदय एक अनाथ बिलखती बच्ची को देख पिघल जाता है। वह उसे अपने घर लाकर पालने लगती है; परन्तु उसी कोमल हृदय को बदलते देर नहीं लगती जब उसे पैसों का मोह घेर लेता है।

'जलपरी' जैसी सुप्रसिद्ध कहानी के लेखक ओगावा मिमेइ हैं, जिनका जन्म 7 अप्रैल, सन् 1882 में नीईगाता प्रांत के ताकाकी गाँव में हुआ। 'जलपरी' मिमेइ की सन् 1921 की रचना है, जिसमें एक ऐसे मनुष्य की परिकल्पना है जो स्वार्थ, लालच और घिनौनेपन से दूर, स्वच्छ, निःस्वार्थ और कोमल भावनाओं से भरा है। इस कहानी में 'जलपरी' की माँ ने ऐसे ही मनुष्य जीवन की कामना की है, जिसकी वजह से वह अपने हृदय के टुकड़े को धरती यानी मनुष्यों की दुनिया में छोड़कर चली जाती है।

ओगावा मिमेइ समाज में बुराई और पक्षपात को सह नहीं पाते थे। उनका मन स्वार्थपरायणता को देख उद्विग्न हो विरोध करने लगता। यही कारण है कि समाजवादी विचारधारा के मिमेइ 'जंगली गुलाब' में भी भाईचारे के भाव को दर्शाते हैं। अलग-थलग देश के दो सिपाही आपसी युद्ध से बेखबर घने मित्र बन जाते हैं। इनकी रचनाओं में घृणास्पद समाज को यथासम्भव, सुन्दरता में बदलने की कोशिश की गई है।

सौंदर्य की तलाश में इनकी रचनाओं में कभी काल्पनिक दुनिया, तो कभी मृत्यु की कल्पना भी प्रकट होती है। 'उनींदा शहर' में मिमेइं का प्रकृति से लगाव नीचे की पंक्तियों में खूब झलकता है:

'अगर यह सिलसिला... देखते ही देखते धरती रेगिस्तान में...'

मिमेइ का मानना था कि मानव-विकास के लिए प्राकृतिक सौंदर्य के विनाश को ज्यादा दिनों तक टाला नहीं जा सकता। धरती पर बदलाव तो

आना ही है।

उनकी कहानियों में प्रकृति, दंतकथा तथा परी-कथाओं का अच्छा मिश्रण है। मिमेइ ने कई उपन्यास, कहानियाँ एवं कविताओं की रचना की।

इनका मन हमेशा बच्चों के लिए लिखने को ललायित रहता था। सुप्रसिद्ध आलोचक कोनो तोशिरो का मानना है कि मिमेइ हमेशा बच्चे बने रहना चाहते थे। अगर बच्चे बने रहना संभव न हो पाया तो बच्चों की तरह सुन्दर मनोवृत्ति और उनकी काल्पनिक दुनिया को हमेशा अपने पास सँजोये रखना चाहते थे। इस बात को इन्होंने अपने जीवन का उद्देश्य बनाया। सचमुच वे ऐसे विलक्षण लेखक थे कि काल्पनिक दुनिया का सहारा लेकर बच्चों के लिए दिलचस्प कहानियाँ एक के बाद एक लिखते गए।

उनकी रचनाओं में, कमजोर के प्रति दया, सहानुभूति, गरीबों के प्रति संवेदना और हमदर्दी, पक्षपात के प्रति गुस्सा, न्याय संगत एवं नेक चीजों को अपनाने, लागू करने की हिम्मत, सुंदरता से लगाव, आजादी का सम्मान एवं नवीन युग के निर्माण की आकांक्षा के भाव कूट-कूट कर भरे हैं।

सन् 1951 में इन्हें जापान के साहित्य कला अकादमी पुरस्कार से सम्मानित किया गया।

जलपरी

मूल शीर्षक : आकाइ रोसोकु तो निंग्यो
स्रोत : शोनेन शोजो निहोन बुनगाकुकान
15, कोदांशा, 1986,

केवल दक्षिणी समुद्र में ही जलपरी वास करती रही हो, ऐसी बात नहीं। वे उत्तरी समुद्र में भी रहा करती थीं।

उत्तरी समुद्र का रंग नीला था। एक बार एक जलपरी पानी से बाहर निकल, चट्टान के ऊपर बैठ, आस-पास के नजारे का आनन्द उठाते हुए सुस्ता रही थी। बादलों के बीच से चंद्रमा की रोशनी छिटककर, उछालें मारती भयंकर लहरों को और भी भयंकर बना रही थी।

'कितना अकेलापन है यहाँ!' जलपरी ने सोचा।

'हम लोग मनुष्यों से ज्यादा भिन्न नहीं हैं। गहरे समुद्र में रहने वाले तरह-तरह के जीवों और मछलियों से तुलना

की जाए तो शायद हमारा हृदय और शरीर दोनों ही मनुष्यों से अधिक मिलता होगा। बावजूद इसके, हमें मछलियों एवं अन्य पाशविक जीवों के साथ इस ठण्डे, अन्धकार और विषादपूर्ण समुद्र में रहना पड़ रहा है। आखिर ऐसी कौन-सी मजबूरी है?' इस तरह जलपरी चट्टान के ऊपर बैठी सोच रही थी। वर्षों तक यहाँ बात करने वाला भी कोई नहीं था। ऐसे समुद्र में बिताए दिनों को याद कर जलपरी दु:खी हो जाती।

समुद्र के बाहर की दिव्यमान दुनिया को देखने की लालसा उसके दिल में हमेशा रहती थी। इसलिए ऐसी शाम को जब चन्द्रमा की रोशनी भरपूर बिखरी होती थी, तो वह अक्सर समुद्र के ऊपर तैरती हुई आ जाती और चट्टान के ऊपर सुस्ताते हुए तरह-तरह के खयालों में खो जाती।

'मनुष्य जहाँ रहते हैं, वह बहुत ही खूबसूरत जगह है। सुना है, मनुष्य मछलियों और अन्य जानवरों से ज्यादा संवेदनशील और दयालु होते हैं। हालाँकि हम मछलियों एवं अन्य जीवों के साथ रहते हैं, परन्तु हैं तो हम मनुष्य के नजदीक ही। इसलिए क्या ऐसा संभव नहीं हो सकता कि हम मनुष्य के बीच जाकर रहें।'' जलपरी ने सोचा।

वह जलपरी मादा थी। उस वक्त उसके पेट में बच्चा था।

'...हम लम्बे समय से इस सूनी जगह पर जहाँ

बातचीत करने वाला भी कोई नहीं, उत्तर के इस नीले समुद्र में जिंदगी जीते चले आ रहे हैं। अपने लिए एक आलीशान एवं चमक-दमक वाले घर की इच्छा तो मैं नहीं रखती, परन्तु इतनी इच्छा जरूर है कि इस दुनिया में जन्म लेने वाले अपने बच्चे को तो कम से कम इस बेचारगी की जिंदगी से दूर रख सकूँ...अपने दिल के टुकड़े से बिछुड़कर, एकान्त समुद्र में जिन्दगी गुजारने से बड़ा दुःख भला और क्या होगा, परन्तु बच्चा अगर खुशहाल जिंदगी जिए तो इससे ज्यादा खुशी भी तो नहीं हो सकती मेरे लिए!...सुना है, इस संसार में मनुष्य ही सबसे अधिक सहृदय होते हैं। यह भी सुना है कि वह किसी भी लाचार, बेसहारा और दयनीय लोगों को न तो तंग करते हैं और न ही सताते हैं। एक बार यदि ये किसी से सम्बन्ध बना लें तो उसे हर हाल में निभाते हैं, उन्हें त्यागते नहीं। अच्छी बात तो यह है कि हमारा चेहरा ही नहीं, बल्कि कमर से ऊपर का सारा हिस्सा मनुष्य जैसा ही है। अगर हम मछलियाँ, समुद्री जीवों की दुनिया में रह सकती हैं, तो हम मनुष्यों के साथ क्यों नहीं रह सकतीं? मनुष्य के दयालु स्वभाव को ध्यान में रखते हुए ऐसा भी सोचा जा सकता है कि अगर एक बार मनुष्य हमें अपने हाथों में उठा ले और पालने लगे तो वे इतने कठोर हृदय नहीं कि हमें दूर फेंक देंगे...'

कम-से-कम वह अपने बच्चे के लिए रोशनी और

खूबसूरती से भरपूर शहर में, जीवन बसर करने की कोई व्यवस्था अवश्य करेगी। एक दिन धरती के ऊपर अपने बच्चे को जन्म देकर चली जाएगी। ऐसा करने से शायद वह फिर कभी बच्चे से दुबारा नहीं मिल पाएगी, न सही, कम-से-कम मनुष्यों के बीच उसका बच्चा एक खुशहाल जिंदगी तो जी सकेगा। इससे बड़ी खुशी उसके लिए और क्या हो सकती है!

जलपरी तरह-तरह के खयालों में डूबी रही।

बहुत दूर, समुद्र-तट की छोटी पहाड़ी पर बने तीर्थ-मन्दिर का प्रकाश लहरों के बीच चमक रहा था।

एक रात मादा जलपरी बच्चे को जन्म देने ठण्डी, अँधेरी लहरों को पार कर, धरती की ओर तैरती हुई तट के काफी नज़दीक पहुँच गई।

[2]

समुद्र-तट पर एक छोटा-सा शहर था, जहाँ तरह-तरह की दुकानें थीं। पहाड़ पर मन्दिर था और ठीक उसके नीचे, मोमबत्तियों का दुकानदार अपनी पत्नी के साथ रहता था। वे दोनों काफी बूढ़े हो चले थे। बूढ़ा मोमबत्तियाँ बनाता और बुढ़िया उन्हें बेचती।

इस शहर के लोग, आस-पास के मछुआरे प्रति दिन दुकान से मोमबत्तियाँ खरीद, मन्दिर में पूजा करने पहाड़ी पर जाते थे। पहाड़ पर चीड़ के वृक्ष लगे थे। मन्दिर

पेड़ों के बीचोबीच बना हुआ था। समुद्र की ओर से जब हवा बहती तो चीड़ के पेड़ों से टकराती। इसीलिए रात-दिन यहाँ साँय-साँय की ध्वनि सुनाई देती रहती थी। हर शाम मन्दिर में चढ़ाई मोमबत्तियों का झिलमिल करता प्रकाश, दूर समुद्र की लहरों पर अपनी छवि डाल एक मनोहर दृश्य पैदा करता था।

एक रात की बात है। बुढ़िया ने बूढ़े से कहा, "हम लोगों पर भगवान की बड़ी कृपा है। पहाड़ी पर अगर यह मन्दिर नहीं होता तो हमारी मोमबत्तियाँ नहीं बिकतीं। हमें इसके लिए भगवान का शुक्रिया अदा करना चाहिए। आज यह खयाल आ ही गया है तो लगे हाथ मैं पूजा करके लौट आती हूँ।"

"सचमुच तुम ठीक कहती हो। वैसे तो कोई दिन ऐसा नहीं गया, जब मैंने दिल से भगवान को याद न किया हो; परन्तु हमेशा काम में व्यस्तता की वजह से कभी मंदिर न जा सका। तुमने ठीक सोचा है। जाओ, और मेरी ओर से भी भगवान के प्रति कृतज्ञता प्रकट कर आना।" बूढ़े ने जवाब दिया।

बुढ़िया प्रफुल्लित मन से घर से निकली। बाहर चन्द्रमा की भरपूर रोशनी पड़ने से दिन के समान प्रकाश फैला था। मन्दिर में पूजा खत्म कर बुढ़िया पहाड़ी से उतर रही थी तो देखा, एक बच्चा सीढ़ियों के नीचे पड़ा रो रहा था।

‘बेचारा! फेंका हुआ बच्चा लगता है। क्या मालूम, किसने इस जगह लाकर फेंका होगा! परन्तु कुछ भी हो, पूजा करके लौटने पर इस बच्चे का दिखना अच्छा शगुन माना जाता है। देखकर भी अनभिज्ञ हो जाऊँ तो भगवान सजा देंगे। जरूर भगवान ने यह जानकर कि हमारे पास बच्चा नहीं है, इसे हमें सौंपा है। इसलिए घर जाकर पति से सलाह-मशवरा करती हूँ।’ बुढ़िया ने मन-ही-मन यह सोच बच्चे को उठाते हुए कहा, “बेचारी!” और उसे छाती से लगाकर घर ले आई।

घर पर बूढ़ा पत्नी के लौटने का इन्तजार कर रहा था। बुढ़िया बच्चे के साथ लौटी और पति को पूरी बात विस्तार से बताई।

“सच ही तो है। जरूर यह भगवान की देन है। इसलिए हमें इसे बड़े ध्यान से पालना होगा, वरना पाप लगेगा।” बूढ़े ने कहा।

बूढ़े दंपती ने उस बच्चे को पालने का निश्चय किया। वह बच्ची कमर से नीचे मनुष्य न होकर मछली थी। बूढ़ा-बूढ़ी समझ गए कि जरूर यह जलपरी की संतान है, जिसके बारे में उन्होंने कहानियों में सुन रखा था।

“यह तो मनुष्य की बच्ची नहीं लगती...” बूढ़े ने थोड़ा मायूस होते हुए कहा।

“मैं भी यही सोचती हूँ, परन्तु कितनी सुशील और सुन्दर बच्ची है!” बुढ़िया ने कहा।

"हाँ, ठीक है। चलो, कुछ फर्क नहीं पड़ता। भगवान की देन है इसलिए इसे बड़े लाड़-प्यार से पालते हैं। बड़ी होने पर जरूर होशियार और अच्छा इन्सान बनेगी," बूढ़े ने अपनी बात रखी।

उस दिन से वे दोनों बच्ची को बड़े ध्यान से पालने लगे। जैसे-जैसे बच्ची बड़ी हुई उसकी आँखें काली, खूबसूरत, लम्बे बाल और शरीर का रंग भी गुलाबी होता गया। व्यवहार में भी वह काफी सुशील थी।

[3]

लड़की बड़ी हुई। नीचे का शरीर औरों से भिन्न होने से वह बहुत शरमाती और लोगों के सामने आने से कतराने लगती। किन्तु जो कोई भी उसका चेहरा एक बार देख लेता तो उसकी खुबसूरती से प्रभावित हुए बिना नहीं रहता। खूबसूरती तो उसके हर अंग में कूट-कूटकर भरी थी। इसलिए दुकान में मोमबत्तियाँ खरीदने आनेवालों में कुछ ऐसे लोग भी थे जो लड़की की सुन्दरता की चर्चा सुन, सिर्फ़ उसे देखने आते।

बूढ़ा-बूढ़ी लोगों से कहते, "हमारी बच्ची बहुत शर्मीली और चुपचाप रहती है, इसलिए किसी के सामने नहीं आती।"

एक दिन जब बूढ़ा मोमबत्तियाँ बना रहा था तो लड़की ने कहा, "अगर मैं इन मोमबत्तियों पर चित्रकारी करूँ तो

शायद लोग खुशी-खुशी खरीदेंगे।"

"ऐसी बात है तो तुम अपनी पसन्द से इन पर चित्र बना सकती हो।" बूढ़े ने जवाब दिया।

लड़की लाल रंग से सफेद मोमबत्तियों पर मछलियाँ, सीपियाँ, समुद्री पौधे आदि की चित्रकारी करने लगी। शायद उसने यह कला खुद-ब-खुद जन्म से ही सीख ली थी। मोमबत्तियों पर खूबसूरत चित्रकारी देख बूढ़े से भी हैरान हुए बगैर न रहा गया।

उन चित्रों में एक अद्‌भुत आकर्षण था। जो भी एक बार देख ले, उसे हासिल करने के लिए व्याकुल हो जाए।

"खूबसूरत होना तो लाज़मी है। कोई मनुष्य ने थोड़े ही बनाई है। यह तो जलपरी की कारस्तानी है!" बूढ़ा, बुढ़िया के सामने जलपरी के चित्रों की प्रशंसा के पुल बाँधता।

'चित्र बनी मोमबत्ती दो' कहते हुए सुबह से शाम तक बच्चों एवं बड़ों की भीड़ लगने लगी।

उम्मीद के अनुसार चित्र बनी मोमबत्तियाँ सभी को भाने लगीं। इतना ही नहीं, एक अद्‌भुत घटना और घटी।

चित्र बनी मोमबत्ती को मन्दिर में जलाने के बाद उसके अवशेष को शरीर पर लगाने के बाद अगर कोई समुद्र में जाता तो भयंकर तूफान में भी उसकी नाव न तो लुढ़कती और न ही टूटती। किसी के मरने की संभावना तो हो ही नहीं सकती थी। इस अद्‌भुत बात की चर्चा

चारों ओर फैलने में देर न लगी।

'यह समुद्र के भगवान का मन्दिर है। इसलिए सुन्दर मोमबत्तियाँ चढ़ाने से भगवान तो खुश होंगे ही।' लोग इस तरह आपस में बातें करने लगे।

दुकान में मोमबत्तियाँ अब अंधाधुंध बिकने लगीं। बूढ़ा बड़ी लगन से, सुबह से शाम तक मोमबत्तियाँ बनाता और जलपरी बगल में बैठ अपने हाथों की पीड़ा सहकर भी, लाल रंग से चित्र बनाते न थकती।

'मुझ जैसे असाधारण जीव को भी बड़े प्यार से पाल-पोसकर प्यार देने वाले इस बुजुर्ग दंपती के प्रति मेरा भी कुछ फर्ज बनता है।' कभी-कभी बुजुर्ग दंपती के कृपालु हृदय को महसूस कर जलपरी की आँखें भर आतीं।

मोमबत्तियों की अद्‌भुत शक्ति की चर्चा गाँव-गाँव में फैल गई। नाविक, मछुआरे कोसों दूर से भगवान को चढ़ाई मोमबत्तियों के अवशेष हासिल करने के लिए आने लगे। वे मोमबत्ती खरीदते, पहाड़ी पर चढ़कर मंदिर में उसे जलाते और अन्त में उसके अवशेष को अपने साथ ले जाते। इसीलिए अब चाहे रात हो या दिन, मन्दिर में मोमबत्तियाँ सदा जलती ही रहतीं। खास तौर पर रात को खूबसूरत लौ भी समुद्र की शोभा बढ़ाने लगी।

'सचमुच भगवान कितना दयालु है!' ऐसी बात कोने-कोने तक फैल गई। इस पहाड़ी का आकर्षण बढ़ता

चला गया।

मन्दिर की ख्याति धीरे-धीरे दूर-दूर तक फैल गई; परन्तु मोमबत्तियों पर एकाग्रचित्त होकर नक्काशी करने वाली बच्ची का खयाल किसी को न आया। कोई भी ऐसा व्यक्ति नहीं था, जो जलपरी की लगातार बिगड़ती दयनीय हालत पर विचार करता।

लड़की जब थक जाती तो कभी-कभी चाँदनी रात में खिड़की से दूर उत्तर दिशा के नीले समुद्र को आँसू-भरे आँखों से निहारती रहती।

एक बार दक्षिण से एक तमाशगीर आया। वह शायद उत्तरी दिशा में कुछ अद्‌भुत चीजें ढूँढ़ने आया था ताकि अपने देश जाकर उन्हें दिखाए और ढेर सारे पैसे कमाए।

तमाशगीर ने न मालूम किससे और कहाँ से जलपरी के बारे में सुन लिया। हो सकता है कि जलपरी को उसने स्वयं देखा हो कि वह कोई मनुष्य नहीं बल्कि एक अद्‌भुत जीव है। एक दिन चुपके से वह बूढ़े दंपती के पास आया और जलपरी को खरीदने की पेशकश करने लगा।

बूढ़े दंपती ने साफ मना किया, "जलपरी हमें भगवान की देन है। भला हम उसका सौदा कैसे कर सकते हैं! अगर ऐसा किया तो हम पापी कहलाएँगे।"

परन्तु तमाशगीर ने हार नहीं मानी। वह दुबारा आया और फिर तिबारा।

"सदियों से यह माना गया है कि जलपरी को घर में रखना अशुभ होता है। इसलिए अगर तुमने इससे जल्दी छुटकारा नहीं पाया तो जरूर अपशकुन हो जाएगा।" अन्त में तमाशगीर ने बूढ़ा-बूढ़ी को इस तरह कहा कि आखिरकार वे उसकी बातों में आ ही गए। ढेर सारे पैसे देखकर भी शायद उनका जी ललचा आया था।

उन्होंने तमाशगीर को जलपरी देने का वायदा कर दिया। तमाशगीर की खुशी का ठिकाना न रहा।

"जल्दी ही मैं जलपरी को लेने आऊँगा..." कहकर वह वहाँ से चला गया।

जलपरी को जब इस बात का पता चला तो वह शोक में डूब गई। शान्त एवं सुशील जलपरी इस घर से कोसों दूर अनजान, गर्म दक्षिण देश जाने के विचार से घबराई। वह रो-रोकर बुजुर्ग दंपती से विनती करने लगी, "मैं यहाँ और मेहनत करूँगी किन्तु मुझे अनजान दक्षिण देश में मत बेचिए।"

परन्तु राक्षस हृदय में परिवर्तित हो चुके दंपती ने जलपरी की एक न सुनी।

जलपरी दु:खी होकर कमरा बन्द करके लगातार एक धुन में मोमबत्ती पर चित्र बनाती रही। बूढ़ा-बूढ़ी पर इसका जरा भी असर न हुआ। उन्हें जलपरी की स्थिति पर न तो दया ही आई और न ही दु:ख हुआ।

वह एक चाँदनी रात थी। जलपरी अपनी किस्मत पर

दु:खी थी। लहरों की आवाज सुनकर उसे लगा, जैसे कोई उसे पुकार रहा हो। उसने खिड़की से बाहर झाँका, परन्तु वहाँ तो केवल नीला, एकदम नीला समुद्र दिख रहा था, जिसके ऊपर चन्द्रमा की रोशनी दूर-दूर तक फैली हुई थी।

लाचार होकर जलपरी फिर से चित्र बनाने बैठ गई। तभी घर के सामने कुछ शोरगुल हुआ। आखिरकार वह तमाशगीर जलपरी को अपने साथ ले जाने के लिए आ पहुँचा था। वह एक बड़ा बक्सा अपनी गाड़ी में लाया था, जिसके चारों ओर लोहे की सलाखें लगी थीं। कभी उस बक्से में उसने बाघ, शेर और तेंदुओं को पकड़कर रखा था। यह सोच कर कि यह जलपरी भी शायद समुद्र के अन्य पाशविक जीवों में से एक है, वह बक्सा ले आया था।

जब जलपरी को पता चलेगा तो कितना दु:ख होगा उसे! खैर, अभी तो वह बेखबर गर्दन नीचे झुकाए चित्र बना रही थी।

तभी कमरे में बूढ़ा-बूढ़ी ने प्रवेश किया।

"चलो, अब तुम्हें यहाँ से जाना है।" कहते हुए वे उसे पकड़कर बाहर ले आए।

इस तरह जबरदस्ती उठाए जाने पर वह चित्र तो पूरा न कर पाई, किन्तु उसने मोमबत्ती को पूरे लाल में रँग दिया। अपनी दु:ख-भरी यादगार के लिए उसने इस तरह दो-तीन मोमबत्तियों को लाल रंग में रँग दिया।

वह एक शान्त शाम थी। बूढ़ा-बूढी दरवाजा बंद कर सो रहे थे।

ठीक मध्यरात्रि को किसी ने दरवाजे पर दस्तक दी– 'खट, खट!'

बूढा-बूढ़ी कान से थोड़ा ऊँचा सुनते थे, फिर भी आवाज कानों तक पहुँच ही गई। वे हैरान थे कि आखिर इतनी रात गए यह आवाज करने वाला कौन हो सकता है!

"कौन?" बुढ़िया ने अन्दर से ही पूछा, परन्तु किसी ने जवाब नहीं दिया।

दरवाजे पर फिर दस्तक हुई – 'खट-खट!'

बुढ़िया उठकर आई और दरवाजा थोड़ा खोलकर बाहर झाँका तो देखा, एक श्वेत औरत दरवाजा खटखटा रही थी।

वह औरत मोमबत्ती खरीदना चाहती थी। हर वक्त पैसे का लालच करनेवाली बुढ़िया ने थोड़ा भी मुँह नहीं बनाया। झट से मोमबत्तियों का बक्सा लाकर औरत के सामने रख दिया। उस औरत को ध्यान से देखने पर बुढ़िया हत्प्रभ रह गई। उसके लम्बे काले बाल भीगे थे और चाँद की रोशनी में चमक रहे थे।

उसने बक्से से एकदम लाल रंग की मोमबत्ती निकाली और उसे ध्यान से देखने के बाद पैसे देकर वहाँ से चली गई।

प्रकाश के नजदीक जाकर बुढ़िया ने पैसों की जाँच

नहीं, इसकी जाँच कैसे की जाए?'' महाराजा ने पूछा।

''अच्छे बर्तन उसकी महीन बनावट और हलकेपन से पहचाने जाते हैं। अगर वे भारी और मोटे हुए तो समझ लीजिए कि उनमें गुणवत्ता की कमी है।'' सेवक ने जवाब दिया।

महाराजा से बोलते न बना।

उस दिन से महाराजा को खाना परोसने में इस कटोरी का प्रयोग होने लगा।

महाराजा बहुत ही सहनशील और धैर्यवान किस्म के इन्सान थे। अपनी पीड़ा कभी भी किसी को जल्दी नहीं बताते थे। किसी से छोटी-छोटी बातों का जिक्र करना उन्हें उचित नहीं लगता था। वह बखूबी जानते थे कि पूरे देश की जिम्मेदारी सँभाले व्यक्ति के लिए संयम बरतना बहुत जरूरी है।

नई कटोरी से अब तक उनका हाथ तीन बार जल चुका था, किन्तु वे चुपचाप सहते गए।

'किसी चीज से घनिष्ठता बिना पीड़ा के संभव नहीं है शायद...' महाराज सोचते–या शायद सेवक मुझे तकलीफ के अनुभव से वाकिफ़ कराना चाहते हैं और इसीलिए वे मुझसे गर्म चीजों को बर्दाश्त करवाकर अपनी स्वामिभक्ति का सबूत पेश कर रहे हैं।...नहीं, नहीं, ऐसी बात नहीं हो सकती...सभी लोग मुझे सहनशील समझते हैं। उन्हें पूरा विश्वास है कि मैं छोटी-छोटी बातों का

बतंगड़ नहीं बनाता।'

परन्तु कुछ भी हो, महाराजा की यह दशा हो चली थी कि जैसे ही खाने का वक्त आता, वे अन्तर्मन से उदास हो जाते।

एक बार महाराजा पहाड़ों की ओर घूमने निकले। उस इलाके में उनके ठहरने लायक कोई सराय न थी इसलिए उन्हें किसी किसान के घर ठहरना पड़ा।

किसान बहुत ही सज्जन व्यक्ति था।

महाराजा उसके घर पधारे थे, उसके लिए इससे ज्यादा खुशी और क्या हो सकती थी! वह महाराजा के लिए अनेक प्रकार के व्यंजन बनाना चाहता था; परन्तु बनाए कैसे? नजदीक में कोई दुकान भी न थी कि कुछ खरीद सके। इसलिए लाचारीवश घर में उपलब्ध सामग्री से ही उसने खाना बनाया। बड़े संकोच और घबराहट के साथ उसने राजा के सामने भोजन पेश किया। राजा जी ने किसान के घर का खाना बड़े चाव और उमंग के साथ खाया।

शरद खत्म होने को आई थी, इसलिए गर्म-गर्म सूप पीने से उनके शरीर में गरमाहट तो पहुँची ही किन्तु सबसे बड़ी खुशी तो उन्हें इस बात की थी कि आज कटोरी से उनके हाथ नहीं जले। वे आज अत्यंत प्रसन्न थे।

आज राजा को पहली बार महसूस हुआ कि महल में उनकी रोज की जिन्दगी कितनी कष्टदायक है! कटोरी

हलकी हो या भारी, मोटी हो या पतली, इससे क्या फ़र्क पड़ता है! इसलिए यह कहना कि हलकी और महीन कटोरी ही सबसे श्रेष्ठ है, कितनी बेहूदगी और फ़िजूल की बात लगती है! आज उनकी आँखें खुल गईं।

महाराजा ने थाली में रखी कटोरी उठाई और बड़े ध्यान से देखने लगे।

"यह कटोरी किसने बनाई है?" राजा ने किसान से पूछा।

घटिया कटोरी में महाराजा को खाना परोसने की गुस्ताखी से किसान शर्मिंदा हो सिर झुकाते हुए बोला, "क्षमा करें महाराज, निहायत मोटी एवं घटिया कटोरी में आपको खाना परोसने के लिए मैं क्षमाप्रार्थी हूँ। न मालूम कब शहर जाकर सस्ती-सी चीज उठा लाया था। आप अचानक मेरे घर पधारे, यह मेरे लिए बड़े सम्मान की बात है, लेकिन मुझे शहर जाकर नए बर्तन खरीद लाने का समय न मिल पाया। मुझे माफ कर दीजिए सरकार!"

"यह तुम क्या कह रहे हो? तुमने इतने सद्भाव और प्यार से मेरी देखभाल की, मैं तो तुमसे अत्यंत खुश हूँ। आज तक मैं कभी इतना प्रसन्नचित नहीं हुआ था। महल में हर रोज मेरी कटोरी मुझे बड़ी तकलीफ देती रही। मैंने ऐसी उपयोगी कटोरी का कभी पहले इस्तेमाल नहीं किया, इसीलिए पूछ रहा था कि इसे किसने बनाया?" राजा ने बात को स्पष्ट करते हुए पूछा।

"कटोरी किसने बनाई, यह तो मुझे भी नहीं मालूम, महाराज ! इस प्रकार की कटोरी तो किसी मामूली कुम्हार ने ही बनाई होगी। उसने तो कभी सपने में भी नहीं सोचा होगा कि राजा कभी उसकी बनाई कटोरी इस्तेमाल करेंगे।" किसान ने संकोच के साथ कहा।

"यह बात तो तुम ठीक कह रहे हो, किन्तु जिस किसी ने भी यह बनाई है, वह काबिले-तारीफ है। बहुत ही उत्तम दर्जे की बनी है। उस व्यक्ति को बर्तन बनाने की अच्छी जानकारी मालूम पड़ती है। वह यह भी जानता है कि बर्तनों को अगर उनके इस्तेमाल के मुताबिक बनाया जाए तो उनका प्रयोग भी सार्थक होगा। वह समझता है कि उस कटोरी में गर्म सूप या कोई और गर्म वस्तु ही रखी जाएगी, इसीलिए इसका मोटा बनना स्वाभाविक है और इसी से उस कुम्हार की दक्षता झलकती है। जो इन्सान उस कुम्हार की बनी ऐसी कटोरी का इस्तेमाल करेगा, वह सुकून के साथ भोजन कर पाएगा। दुनिया में कितना ही नामी कुम्हार क्यों न हो परन्तु अगर उसे उसके उपयोग का ज्ञान न हो तो वह मेहनत और दक्षता किस काम की!" राजा ने किसान को समझाया।

राजा अपनी यात्रा खत्म कर महल लौट आए। सेवकों ने बड़े सम्मान से राजा का स्वागत किया, किन्तु किसान की सादगी-भरी, साधारण एवं चापलूसी से कोसों दूर की जिन्दगी देख महाराजा बहुत प्रभावित हुए थे। वह किसान

को भुलाए न भूल सके।

रोज की तरह आज भी महल में राजा के खाने का वक्त हुआ। फिर से थाली में वही हलकी-फुलकी, पतली कटोरी रखी गई, जिसे देखते ही राजा के चेहरे का रंग बदलने लगा। आज से फिर उन्हें वही कष्ट झेलना पड़ेगा, यह सोच वे निराश हो गए।

लेकिन इस बार राजा ने नामी कुम्हार को अपने पास बुलवाया। कुम्हार मन-ही-मन सोचने लगा-'काफी दिन पहले मैंने राजा के लिए बड़ी सावधानी से एक कटोरी बनाई थी, शायद राजा खुश होकर मुझे कुछ इनाम देने के लिए बुलवा रहे होंगे!'

कुम्हार राजा के सामने तुरन्त हाजिर हुआ।

राजा ने शांत भाव से क़हा, "तुम मशहूर एवं चर्चित कुम्हार भले ही हो, किन्तु बर्तन पकाते वक्त उसकी उपयोगिता को ध्यान में रखना बहुत जरूरी है। ऊपर से किसी भी काम को करते वक्त हृदय में दयालुता और सद्भाव नहीं है तो तुम्हारे बर्तन किसी काम के नहीं। मुझे तुम्हारी बनाई हुई कटोरी से रोज कष्ट झेलने पड़ते हैं।"

कुम्हार ने अपनी करनी पर अति शर्मिंदा हो राजा से माफी माँगी।

कहते हैं, वह नामी कुम्हार तब से मोटे कटोरे बनाने वाला एक साधारण कुम्हार बन गया।

शिमाजाकी तोसोन

(1872-1943)

शिमाज़ाकी तोसोन ने लोककथाओं की मौखिक परम्परा को काफी महत्व दिया। इनके साहित्य में आम लोगों एवं ग्रामीण जीवन की संवेदनाएँ झलकती हैं। इन्होंने साहित्यिक जीवन के शुरुआत में 'वाकानाशू' (1897) नामक कविता संग्रह लिखी, जिसके द्वारा जापान की कविता को नया आयाम मिला। इन्होंने किसानों, मजदूरों और ग्रामीण जीवन पर उस समय लिखा जब जापान में औद्योगिक विकास के तहत बड़े-बड़े कारखाने बन रहे थे।

ये जवानी के दिनों में जितने खुश-मिजाज़ या रूमानी थे, उतने ही समय के साथ-साथ अंतर्मुखी होते गए।

सन् 1906 में प्रकृतिवादी शिमाजाकी तोसोन ने 'हाकाई' (अवज्ञा) प्रकाशित की जिसमें 'बुराकु' (पददलित) समुदाय के प्रति पक्षपात एवं इनसे सम्बन्धित अन्य पहलुओं को उठाया गया है।

इनकी अन्य मुख्य रचनाएँ हैं: 'हारू' (बसंत, 1908), 'इये' (घर, 1911), 'योआकेमाये' (पौ फटने के पहले, 1932)।

इनका जन्म 1872 में चिकुमा प्रांत के मागोमे गाँव में हुआ। पिता मासाकी, माँ नुई की ये सात संतानों में से आखिरी संतान थे। इनकी मृत्यु 1943 में ब्रेन हेमरेज से हुई। इनके द्वारा बाल-किशोरों के लिए लिखी गई मुख्य रचनाएँ हैं: 'ओसानाकी मोनो' (नन्हे बच्चे, 1917), 'फुरुसातो' (अपना गाँव, 1920), 'ओसानामोनोगातारी' (बच्चों की कहानी, 1924), 'नोबिजिताकू' (किशोरावस्था, 1925)।

'फुरुसातो' संकलन में गाँव के छोड़ने के दुःख का चित्रण है। वह गाँव जहाँ वे पल कर बड़े हुए। वहाँ की अनेकों स्मृतियाँ, झाँकियाँ, रीति-रिवाज और रहने वालों के बारे में लिखे गए इनके कई सुन्दर और सरल प्रसंग, बाल-सुलभ शैली में आज भी बहुत लोकप्रिय हैं। ऐसा ही कुछ 'दो भाई' कहानी में भी देखने को मिलता है।

की। अरे, यह क्या! वे तो पैसे न होकर सीपियाँ थीं।

बुढ़िया गुस्से से बाहर निकली, परन्तु अब तो वहाँ उस औरत की परछाईं तक न थी।

उसी रात की बात है। अचानक आसमान का रंग बदला और तुरन्त ही बड़े जोरों से तूफान आया।

उस वक्त तमाशगीर की नाव जलपरी को बक्से में डाले बीच समुद्र में रही होगी।

"इस आँधी-तूफान में तो किसी भी तरह तमाशगीर की नाव नहीं बच सकती।" बूढ़ा-बूढ़ी थर-थर काँपते हुए कह रहे थे।

दिन खुला तो घनघोर काला समुद्र एक भयानक दृश्य पैदा कर रहा था। रात के तूफान में नाव के अनगिनत टुकड़े हो चले थे।

करिश्मे की बात यह थी कि अब जैसे ही कोई लाल मोमबत्ती पहाड़ी के मन्दिर पर जलाता, तुरन्त भयंकर तूफान आ जाता था, भले ही उससे पहले मौसम कितना ही अच्छा क्यों न रहा हो। लाल मोमबत्ती एक अपशकुन होकर रह गई।

कहते हैं, बूढ़ा-बुढ़िया को भगवान का श्राप लग गया था और उनका मोमबत्ती का व्यापार भी धीरे-धीरे ठप्प हो गया।

कभी-कभी एकाध लाल मोमबत्ती मन्दिर में अब भी जलती दिखाई पड़ जाती थी। पहले मन्दिर में जलाई

मोमबत्ती के अवशेष को अगर कोई अपने पास रखता तो उसे कोई नुकसान नहीं पहुँचता था; परन्तु स्थिति अब ठीक उसके विपरीत थी। लाल मोमबत्ती का अवशेष तो दूर, उसे दूर से भी कोई जलता देख लेता तो वह व्यक्ति किसी विपत्ति का शिकार हो जाता या समुद्र में डूब अपने प्राण गँवा बैठता।

धीरे-धीरे यह खबर चारों ओर फैल गई जिसकी वजह से लोग इस पहाड़ पर पूजा के लिए आने से कतराने लगे। इस तरह वर्षों से इस पहाड़ को एक अद्भुत शक्ति प्रदान करने वाला देव अब असुर हो चुका था। सभी लोगों के दिल में अब एक ही कामना थी कि काश, यह पहाड़ यहाँ न होता!

बीच समुद्र से नाविक इस पहाड़ की ओर देखने से भी घबराने लगे। रात होने पर समुद्र के ऊपर भयंकर दृश्य उत्पन्न हो जाता। चारों ओर ऊँची-ऊँची लहरें उठती हुई भयंकर रूप ले चट्टानों से टकरातीं और सफेद झाग निकालतीं। बादलों के बीच से चन्द्रमा की रोशनी जब इन लहरों पर पड़ती तो यह दृश्य दहशत पैदा कर देता।

भयंकर काली रात को जब तारे भी नहीं दिखते और ऊपर से बारिश भी हो रही होती तब एक लाल मोमबत्ती धीरे-धीरे लहरों के साथ बहती हुई मन्दिर की ओर जाती दिखती। नतीजतन इस शहर के विनाश में ज्यादा समय न लगा।

कटोरी

मूल शीर्षक : ओसामा नो चावान
स्रोत : निहोन मोसो बुनगाकु शूसेई
13, ओगावा मिमेई, कोकुशो कानकोकाइ, 1992

किसी नगर में एक मशहूर कुम्हार रहता था। उसके परिवार में नए-नए किस्म के बर्तन बनाने का काम पीढ़ियों से होता चला आ रहा था। फूलदान, प्याले, सकोरे और प्लेट तरह-तरह के बर्तन बनते थे वहाँ। यात्रीगण इस तरफ आते तो कुम्हार के डेरे पर आए बगैर न रहते। वे प्रशंसा करते न थकते, "वाह! कितनी अच्छी प्लेट है! और वो देखो प्याले..."

"किसी को भेंट देने के लिए यह कितनी उम्दा रहेगी।"

यानी कोई भी यात्री वहाँ से कुछ न कुछ खरीदे बगैर

कभी न लौटता।

चर्चित कुम्हार के यहाँ के बर्तन नाव में लादकर दूर-दूर तक भेजे जाते थे।

एक बार महाराजा का एक सेवक कुम्हार के पास आया। बर्तनों का बारीकी से निरीक्षण करने के बाद सेवक बोला, "हाँ, सचमुच तुम्हारी दक्षता का कोई जवाब नहीं। सभी बर्तनों से तुम्हारा कौशल खदु-ब-खुद झलकती है। दरअसल मुझे महाराज के लिए एक सुंदर-सी कटोरी बनवानी है। अगर तुम अत्यंत सावधानी एवं होशियारी से वह कटोरी बना दो तो तुम्हें यह काम सौंपने में मुझे कोई एतराज नहीं।"

कुम्हार पहले घबराया, फिर कृतज्ञता व्यक्त करते हुए बोला, "यह तो मेरे लिए बड़े सम्मान की बात है। बस, एक मौका दें। मैं महाराज की कटोरी को आपकी इच्छानुसार बनाने में कोई कसर नहीं छोड़ूँगा।"

सेवक तसल्ली के साथ वहाँ से चला गया।

कुम्हार ने सभी कारीगरों को अपने पास बुलाया और उन्हें सारी बात का हवाला देते हुए सचेत किया, "हमें महाराजा की कटोरी बनाने का काम सौंपा गया है। भला हमारे लिए इससे बड़ी प्रतिष्ठा और क्या हो सकती है! इसलिए आज तक बने सभी बर्तनों से उम्दा कटोरी बनाने की हमें अपनी भरपूर कोशिश करनी होगी। बस, इस बात का ध्यान रहे कि वह बहुत हलकी और महीन होनी

चाहिए। सेवक की भी यही इच्छा थी। बर्तन की असली खूबसूरती भी उसी में है।''

कुछ दिन बाद कटोरी तैयार हो गई।

एक दिन सेवक ने दुकान में आकर पूछा, ''महाराजा की कटोरी अभी नहीं बनी क्या?''

''हम तो आज ही ले जाने वाले थे कि आप आ गए। हम सचमुच काफी शर्मिन्दा हैं कि आपको यहाँ आने के लिए कष्ट उठाना पड़ा।...यह लीजिए!'' कुम्हार ने कटोरी

सेवक को थमा दी।

वाकई, वह बहुत हलकी, पतली एवं उत्तम दर्जे की कटोरी थी। उसका तल बर्फ की तरह सफेद होने से पारदर्शी दिखता था। उस पर महाराजा का चिन्ह बना दिया गया था।

"हाँ, एकदम बढ़िया बनी है। आवाज़ भी अच्छा करती है।" कहते हुए सेवक ने कटोरी को हथेली में रख नाखून से चटकाकर देखा।

"इससे और अधिक हलकी एवं महीन बनाना संभव न था।" कुम्हार ने सम्मानपूर्वक सिर झुकाकर कहा।

उसे महल तक पहुँचाने का हुक्म दे, सेवक वहाँ से चला गया।

कुम्हार ने हाओरी[1] और हाकामा[2] पहना। कटोरी को एक शानदार डिब्बे में रख महाराजा के यहाँ हाज़िर हुआ।

यह खबर चारों ओर फैल गई कि शहर के नामी कुम्हार ने महाराजा के लिए एक खास कटोरी बनाई है। सेवक ने कटोरी को महाराजा के सामने पेश किया।

"महाराज, यह कटोरी इस शहर के सुप्रसिद्ध कुम्हार ने दिलो-जान से बनाई है!" सेवक ने कहा।

"हाथ में उठाने से इसके वजन का पता ही नहीं चलता।...अच्छा, यह बताओ कि कटोरी बढ़िया है या

---

1. किमोनो के ऊपर पहनी जाने वाली आगे से खुली जैकेट।
2. स्कर्टनुमा पायजामा जो किमोनो के ऊपर पहना जाता है। किसी खास मौके पर ये दोनों चीजें (हाओरी और हाकामा) पहनी जाती हैं।

दो भाई

मूल शीर्षक : फुतारी नो क्योदाइ
मूल कृति : आकाइ तोरी केइसाकुशू,
संपादक : त्सुबोता जाजी,
शिन्चो बुन्को, तोक्यो, 1981, पृष्ठ 24–28

[1]

क्या कभी आपने बिच्छू–बूटी के फल बटोरे हैं? इस पेड़ के नीचे गिरे फल कभी चखे हैं?

बहुत जल्द ही इन फलों के पककर गिरने का वक्त आने वाला था। दो भाई फलों को बटोरने का बेसब्री से इन्तजार कर रहे थे। जब फल कच्चे थे तब से ही वे 'जल्दी से पक जाओ, जल्दी से लाल हो जाओ' की रट लगाए हुए थे।

इन दो भाइयों के घर में एक बहुत ही ईमानदार और नेक बुजुर्ग काम करता था। चूँकि वह बूढ़ा व्यक्ति पहाड़ों

में लकड़ी काटने के साथ-साथ खेतों में भी काम करता था, इसलिए उसे प्रकृति की हर चीज का अच्छा ज्ञान था। वह हमेशा बच्चों से कहता-'अभी बिच्छू-बूटी के फल खट्टे हैं, इसलिए खाए नहीं जाएँगे। थोड़ा और इन्तजार करो।'

परन्तु अधीर किस्म के छोटे भाई से अब और सब्र न हुआ। उसने बूढ़े की एक न सुनी और एक दिन फलों को बटोरने जंगल की ओर निकल पड़ा। जैसे ही वह पेड़ के पास पहुँचा, पेड़ की टहनी पर बैठी नीलकण्ठ नामक चिड़िया चूँ-चूँ कर अपने स्वर में रटने लगी-'बहुत जल्दी आ गए...बहुत जल्दी।'

छोटे भाई को पेड़ के नीचे एक फल भी न मिला। व्यग्रता में वह टहनियों को पत्थर और डण्डे से मारने लगा। देखते-ही-देखते सारे फल पत्तों के साथ एक के बाद एक नीचे गिरने लगे। सारे फल कच्चे और खट्टे थे।

कुछ दिनों के बाद बड़ा भाई भी फलों को बटोरने जंगल की ओर निकल पड़ा। यह थोड़ा सुस्त स्वभाव का था। यह सोचकर कि अब तो फल पक ही गए होंगे, वह मन्द गति से चलता जा रहा था। जैसे ही वह पेड़ के पास पहुँचा, तो इस बार भी उसी चिड़िया ने अपने स्वर निकाल कर कहा-'बहुत देर कर दी, बहुत देर।'

बड़े भाई ने पेड़ के नीचे चारों ओर छान मारा परन्तु उसे एक भी फल न मिला। इसकी चाल इतनी धीमी थी

कि जब तक वह पेड़ तक पहुँचा, तब तक और बच्चे फलों को बटोरकर ले जा चुके थे।

छोटे भाई की तरह बड़ा भाई भी खाली हाथ घर लौटा। दोनों भाई निराश होकर बूढ़े के पास गए। बूढ़े ने उन्हें समझाते हुए कहा, "देखो बेटा, एक भाई बहुत जल्दी चला गया और दूसरा बहुत देरी से। अगर सही समय न मालूम हो तो अच्छे फल नहीं मिलेंगे। चलो, अब जो हुआ सो हुआ, वक्त आने पर मैं तुम्हें सही समय बता दूँगा।"

दोनों बच्चों ने बुजुर्ग की बातें ध्यान से सुनीं और उस पर अमल करने का फैसला किया।

एक दिन बूढ़ा बच्चों के पास आया और कहा, "चलो बच्चो, फलों को बटोरने का समय आ गया है।"

उस सुबह शीतल हवा के मंद झोकों से पेड़ों की टहनियाँ झूम रही थीं। दोनों भाई जैसे ही बिच्छू-बूटी के पास पहुँचे, चिड़िया के ऊँचे स्वर सुनाई दिए–'एकदम सही समय है, सही समय।'

पेड़ के चारों ओर फल ही फल गिरे पड़े थे। दोनों भाई बहुत देर तक फल चुनते रहे, परन्तु फल थे कि खत्म होने का नाम ही न लेते। आज दोनों भाइयों को फल चुनते-चुनते खूब मजा आ रहा था।

नीलकण्ठ चिड़िया को भी यह सब देख खूब आनन्द आ रहा था। वह अपनी सुरीली आवाज में बोली–'क्या बढ़िया फल हैं! खूब उठाओ और खाओ। साथ में एक ईनाम मुझसे भी लेते जाओ...' उसने अपना एक नीली धारीदार पंख नीचे गिरा दिया।

इस तरह दोनों भाइयों ने ढेर सारे फल तो इकट्ठा किए ही, एक खूबसूरत पंख भी हासिल किया। साथ में यह सबक भी सीखा :

कारज धीरे होत है काहे होत अधीर,
समय पाय तरुवर फले, केतक सींचौ नीर।

[2]

एक दिन बूढ़े बाबा ने दोनों भाइयों को बुलाकर कहा, "चलो, मैं तुम्हें मछली पकड़ने के औज़ार बनाकर देता हूँ।"

लेकिन दोनों भाइयों को इस बात पर यकीन न हुआ। वे मन-ही-मन सोच रहे थे-'बूढ़े बाबा को चाहे कितना भी अनुभव हो, परन्तु मछली पकड़ने के औजार बनाना तो उनके लिए भी आसान नहीं होगा...' क्योंकि वे जानते थे कि पास में कोई मछुवाही औज़ार की दुकान नहीं थी।

बूढ़े बाबा न मालूम कहाँ से मछुवाही काँटा ले आया, फिर बाँस को छील-काटकर दो छड़ भी बना डाली।

"काँटा और छड़ तो बन गया। अब कहीं से धागा मिल जाए तो बात बन जाएगी।" कहते हुए बूढ़े ने कहीं से एक कोया ढूँढ़ा और उससे धागा निकाला, जो बिलकुल रेशम-कीट से निकला प्रतीत होता था।

धागे को सिरके में डुबो, खींच-तानकर बाहर निकाला गया। थोड़ी देर धूप में सुखाने के बाद दोनों भाइयों ने पूरी ताकत लगाकर उसे खींच-खींचकर ऐसा मजबूत बना दिया कि फिर वह टूट न सके।

"अच्छा, अब मछली पकड़ने की पूरी सामग्री तैयार..." कहते हुए बूढ़े बाबा ने सभी चीजें भाइयों को पकड़ाईं।

दोनों भाई दौड़कर मछली पकड़ने नदी की ओर चल

पड़े। वहाँ किनारे अखरोट के पेड़ थे। उन्हीं में से एक पेड़ की छाँव में बैठ वे मछली पकड़ने के कार्य में जुट गए। आधा दिन बीत जाने पर दोनों भाई खेलते-कूदते घर की ओर चल पड़े। तभी पहाड़ से ढेर सारी लकड़ियाँ कंधे पर लादे बूढ़ा भी आ पहुँचा।

"क्यों, कितनी मछलियाँ पकड़ीं?" आते ही बूढ़े ने पूछा।

दोनों भाइयों ने निराश होते हुए जवाब दिया, "लाख कोशिश करने पर भी एक मछली भी पकड़ में नहीं आई।"

दोनों ने बूढ़े को बताया कि किस तरह वे मछली पकड़ रहे थे।

बूढ़े ने उनकी बातें बड़े गौर से सुनीं, फ़िर वह बड़े की ओर मुड़कर बोला, "देखो बेटा, तुम काँटा पानी में बड़ी देर तक डाले रहे, जिससे सारी मछलियाँ काँटे पर लगा भोजन तो खा गईं, परन्तु फँसी नहीं।"

अब वह छोटे भाई से बोला, "तुमने इतनी हड़बड़ी में काँटे को पानी में डालकर हिलाया कि सारी मछलियाँ घबराकर भाग खड़ी हुईं।"

कुछ सोचकर वह फिर दोनों से बोला, "एक ने बहुत जल्दी दिखाई और दूसरे ने बहुत देर कर दी। मछली पकड़ने के लिए औजार ही काफी नहीं हैं बल्कि संयम एवं ठीक वक्त की भी जरूरत होती है।"

कोजिमा मासाजिरो

कोजिमा मासाजिरो 'आकाई तोरी' नामक बच्चों की पत्रिका से एक चित्रकार के रूप में जुड़े थे। 'बाँसुरी' 1920 में इसी पत्रिका में छपी कहानी है।

बाँसुरी

मूल शीर्षक : फुए, 1920
मूल कृति : आकाइ तोरी केइसाकुशू,
त्सुबोता जोजी, शिन्चो बुन्को, तोक्यो, 1981, पृष्ठ 40–43

बहुत समय पहले, क्योतो शहर में, हारुगा नाम का एक बाँसुरीवादक रहता था। एक रात जब वह गहरी नींद में सो रहा था तो एक चोर उसके घर में घुस आया। अँधेरे में चीजों से टकराने और लड़खड़ाने से थोड़ी आवाज हुई तो हारुगा की आँखें खुल गईं। डरते-डरते उसने रजाई एक ओर फेंकी और चुपके-से लकड़ी के फर्श का एक तख्त हटा अपने को उसके अन्दर छुपा लिया। उस दिन उसकी पत्नी और बेटी अपने रिश्तेदार के यहाँ गए हुए थे। इस तरह पूरा घर खाली पाकर चोर मजे से इधर-उधर हाथ मारने लगा। थोड़ी ही देर में घर का सारा का सारा

मूल्यवान सामान समेट, चोर वहाँ से रफू-चक्कर हो गया।

हारुगा तो चोर के जाने का बेसब्री से इन्तजार कर रहा था। चोर के जाते ही वह सरकते हुए चुपके से बाहर निकला। उसने देखा, चोर न सिर्फ उसके कपड़े ले गया था बल्कि पत्नी और बच्चों के कपड़े, बिस्तर तथा अन्य कई कीमती सामान भी ले गया था। तिजोरी में रखे पैसे भी गायब थे।

"हा, हा...! देखो, कितनी सफाई से सारी चीजें उठा ले गया!" आश्चर्य की बात थी कि हारुगा दुःखी होने की बजाय जोर-जोर से हँस रहा था।

"सामान चोरी हो गया तो क्या हुआ! बिना सोचे-समझे सामान बटोरना बुरी बात है। फिर चोरी तो होनी ही थी। अगर सामान ही नहीं होता तो भला चोरी कैसे हो सकती थी? सबसे अच्छी बात तो यह होती कि मनुष्य के पास कुछ होता ही नहीं। चलो, जो हुआ, सो अच्छा हुआ। अब तो सुबह होने तक मैं चैन की नींद सोऊँगा।" यह कहते हुए हारुगा ने चारों ओर नजरें दौड़ाईं और अपने शयन-कक्ष में लौट फिर से सोने की तैयारी करने लगा।

अकस्मात् ही उसका ध्यान तकिए के नीचे रखी बाँसुरी पर गया। उसने पाया, तकिए के नीचे रखी बाँसुरी पहले की तरह ही सुरक्षित थी। वह खुशी के मारे उछलने लगा।

"मैं तो सोच बैठा था कि मेरी प्यारी बाँसुरी भी चोर

ले गया होगा। मैं शुक्रगुजार हूँ चोर का जो मेरी इस प्यारी चीज को छोड़ गया। बस, मुझे और कुछ नहीं चाहिए।" यह कह हारुगा बाँसुरी बजाने के लिए व्याकुल हो उठा।

बस, फिर क्या था ! एक प्यारी-सी धुन धीरे-धीरे चाँदनी रात के शीतल वातावरण में घुलकर फैलने लगी। कुल मिलाकर माहौल ऐसा बन गया, जैसे सोने पे सुहागा!

हारुगा बाँसुरी बजाने में इतना खो गया कि उसे समय का पता ही न चला। जब अचानक कुछ आहट-सी सुनाई दी तो उसने पलटकर देखा, एक व्यक्ति चटाई पर बैठा ध्यान से उसकी धुन सुन रहा था।

हारुगा थोड़ा सकपकाया और फिर गौर से देखने पर

घबरा उठा।

तभी वह अनजान व्यक्ति आदरपूर्वक प्रणाम करते हुए बोला, "यकीनन आप मुझे देखकर हैरान हो रहे होंगे। मैं वही चोर हूँ, जो थोड़ी देर पहले आपके घर को अस्त-व्यस्त कर पूरा सामान ले गया था।"

"चोर...!" अनायास ही हारुगा के मुँह से एक चीख निकली।

"हाँ, चोर! और इस वक्त वही चोर अब आपसे माफी माँगने आया है।"

उस व्यक्ति ने अपना चेहरा ऊपर उठाया! आँखें, मुँह और नाक छोड़कर उसका चेहरा दाढ़ी से भरा पड़ा था। कुल मिलाकर एक भयंकर शक्ल थी उसकी।

"इस तरह बोलने से शायद आपको स्थिति का अन्दाजा लगाना मुश्किल होगा। मैं चोरी किया हुआ सामान गाड़ी में लादकर ले जा रहा था। अभी थोड़ी ही दूर गया था कि अचानक बाँसुरी की एक अत्यंत मधुर एवं सुरीली धुन मेरे कानों में पड़ी। पहले तो मैं उसकी परवाह किए बगैर चलता रहा परन्तु धीरे-धीरे मैंने महसूस किया कि मैं उस धुन की ओर खिंचा चला जा रहा हूँ। अंततः मैंने एक जगह जाकर गाड़ी रोक दी। फिर ध्यानमग्न हो जब इस कर्ण-कोमल, स्वच्छन्द ध्वनि को सुनने लगा तो अपने दुष्कर्मों पर पछतावा और ग्लानि की भावना मेरे मन में जाग्रत होने लगी। एक नेक हृदय, जो आज तक मेरे अंदर

सोया हुआ था, आपकी इस सुरीली धुन से जाग गया है। मैं आपसे मिलने को बेचैन हो, हिरन की तरह खिंचता चला आया। इसलिए आपसे प्रार्थना है कि मेरे पापों को नज़रअंदाज करें और मुझे अपना शिष्य बनाने की कृपा करें।" हृदय-परिवर्तित चोर ने दण्डवत् प्रणाम किया।

हारुगा का हृदय पिघलते देर न लगी। तत्काल ही उसने चोर को अपना शिष्य बना लिया।

अन्य शिष्यों के साथ उस चोर को भी रोज बाँसुरी बजाने की तालीम मिलने लगी।

मजेदार बात तो यह हुई कि कल का चोर जब शिक्षा पाने लगा तो अन्य शिष्यों से भी आगे निकलने लगा। देखते ही देखते उसने सबको पछाड़ दिया और एक दिन ऐसा भी आया कि हारुगा के लिए अब उसे कुछ सिखाने को न बचा। मोचीमित्सु नामक यह चोर व्यक्ति अब हारुगा के श्रेष्ठ शिष्यों में गिना जाने लगा।

एक बार किसी काम से मोचीमित्सु को अपने गाँव जाना पड़ा। रास्ते में एक समुद्र पड़ता था। मोचीमित्सु की नाव समुद्र के बीचोबीच पहुँची तो अचानक समुद्री लुटेरों ने उसे घेर लिया। मरने तक की नौबत आ गई तो मोचीमित्सु ने लुटेरों के मुखिया से कहा, "दरअसल, मैं एक बाँसुरीवादक हूँ। इसलिए आपसे विनती है कि मुझे खत्म करने से पहले एक बार बाँसुरी बजाने दें।"

"ठीक है।" मुखिया ने इजाजत दे दी।

तुरन्त ही मोचीमित्सु मनपसन्द धुन बजाने लगा।

आश्चर्य की बात, मोचीमित्सु को मारने के लिए निकाली गई पैनी चमकती तलवार मुखिया ने तुरन्त म्यान के अन्दर डाली और गर्दन झुका एकाग्रचित्त हो बाँसुरी की धुन सुनने लगा।

सुरीली धुन सुनने के बाद मुखिया बोला, "पण्डितजी, आप महान हैं। आपको मारना व्यर्थ है। कृपा करके आप इसी तरह नाव में बैठे धुन बजाते रहिए। हम आपको खुद आपके गंतव्य स्थान तक छोड़ आएँगे।"

इस तरह डाकू लोग मोचीमित्सु को उसके गाँव तक छोड़ने आए।

कुछ दिनों के बाद गुरु हारुगा के पास लौटने पर मोचीमित्सु ने यह किस्सा उन्हें सुनाया। वे प्रशंसा करते हुए बोले, "अब तो तुम एक कुशल एवं उत्कृष्ट बाँसुरीवादक बन गए हो।"

कुछ ही दिनों में मोचीमित्सु गुरु जी की जगह राजमहल में काम करने लगा और आने वाली पीढ़ी को बाँसुरी की शिक्षा देता रहा।

●●●

डा॰ उनीता सच्चिदानन्द द्वारा रूपान्तरित, अनूदित, सम्पादित व रचित और राजकमल प्रकाशन द्वारा प्रकाशित जापानी साहित्य

(मूल और अनूदित शीर्षक हिन्दी व जापानी में)

जापानी लोककथाएं : तसवीर का फेर

日本の民話:タスワィール カ フェール

1.	絵姿女房 (एसुगाता न्योबो)	1.	तसवीर का फेर (タスワィールカ フェール)
2.	猿地蔵 (सारु जिजो)	2.	नदी में देवता (ナディーメデワタ)
3.	やまたのおろち (यामाता नो ओरोची)	3.	छाए बादल (チャーエバダル)
4.	七夕 (तानाबाता)	4.	तानाबाता (タナバタ)
5.	一寸法師 (इस्सुनबोशी)	5.	इस्सुन बोशी (イッスンボシ)
6.	桃太郎 (मोमोतारो)	6.	मोमोतारो (モモタロ)
7.	古屋のもり (फुरुया नो मोरी)	7.	टप-टप गुम्बा (タプタプグッムバ)

जापानी लोककथाएं :लोमड़ी की जपमाला

日本の民話:ロムリーキージャプマラー

1.	天福地福 (तेन्बुकुजिबुकु)	1.	सपना सच हुआ (サプナサッチフア)
2.	鷹鰕鮫 (ताका एबी सामे)	2.	बड़ा कौन (バラコウン)
3.	狐の玉の取り合い (खित्सुने नो तामा नो तोरिआइ)	3.	लोमड़ी की जपमाला (ロムリーキー ジャプマラー)

4.	木仏長者 (किबोतोके चोजा)	4.	विश्वास का बल (ウィスワース カバール)
5.	宝下駄 (ताकारा गेता)	5.	लुढ़कता खड़ाऊँ (ルラクタカラウン)
6.	五得の教え (गोतोकु नो ओशिए)	6.	एक एहसान बढ़ा पांच मान (エクエヘサン バラパンチマン)
7.	鴇 の卵 (तोकी नो तामागो)	7.	बुज्जा का अण्डा (ブッジャーカアンダ)

पांच चोर

नीइमी नानकिचि

パンチ チョール

新美南吉

1.	花のき村と盗人たち (हानानोकिमुरा तो नुसुबितोताची)	1.	पांच चोर (パンチチョール)
2.	おじさんのランプ (ओजीसान नो राम्पु)	2.	दादाजी की लालटेन (ダダジキラルテン)
3.	ごんぎつね (गोन गित्सुने)	3.	गोन लोमड़ी (ゴンロムリー)
4.	手袋 を買いに (तेबुकुरो ओ काई नी)	4.	दस्ताने (ダスタネ)

मेरी दीदी: ओका शूज़ो

メリーディーディー

丘 修三

1.	ぼくのお姉さん (बोकु नो ओनेसान)	1.	मेरी दीदी (メリーディーディー)
2.	歯型	2.	दांतों के निशान

(हागाता) (ダントウケーニシャン)

3. 首かざり (कूबी काज़ारी) 3. माला (マラー)

वाशिंगटन पोस्टमार्च: ओका शूज़ो *

ワシングトンポスト.マーチ

丘 修三

1. あざ (आज़ा) 1. नीले धब्बे (ニレーダッベ)

2. こおろぎ (कोओरोगी) 2. झींगुर (ジーングル)

3. ワシントンポスト マーチ (वाशिनटोन पोसुतोमाचि) 3. वाशिंगटन पोस्टमार्च (ワシングトンポスト マーチ)

* अनुवाद योशिको ओकागुची , सम्पादन: डा॰ उनीता सच्चिदानन्द

राक्षस फूट-फूट कर रोया

हामादा हिरोसुके, त्सुबोता जोजी ,मुशानोकोजी सानेआत्सु,

ラクシャシ フートフート カルロヤ

浜田廣介, 坪田譲治, 武者小路実篷

1. 泣いた赤鬼 (नाइता आका ओनी) 1. राक्षस फूटफूट कर रोया (ラクシャシフートフートカルロヤ)

2. ある島の狐 (आरु शिमा नो खित्सुने) 2. एक द्वीप की लोमड़ी (エクデュイープキロムリー)

3. 狐解葡萄 (खित्सुने तो बुदो) 3. लोमड़ी और अंगूर (ロムリーオウルアングール)

4. 小学生と狐 (श्योगाकुसेइ तो खित्सुने) 4. लोमड़ी की सीख (ロムリーキシーク)

जलपरी

ओगावा मिमेइ, शिमाज़ाकी तोसोन, कोजिमा मासाजिरो

ジャルパリー

小川未明, 島崎藤村,小島政二郎

1. 赤いろうそくと人形 (आकाइ रोसोकु तो निन्ग्यो)	1. जलपरी (ジャルパリー)
2. 殿様の茶碗 तोनोसामा नो चावान)	2. कटोरी (カトリー)
3. 二人の兄弟 (फुतारी नो क्योदाइ)	3. दो भाई (ドバイー)
4. 笛 (फुए)	4. बांसुरी (バンスリー)

जंगली गुलाब

मियाज़ावा केन्जी , आवा नावाको , ओगावा मिमेइ

ジャンギリーグラブ

小川未明, 宮沢賢治, 安房直子

1. 野ばら (नोबारा)	1. जंगली गुलाब (ジャンギリーグラブ)
2. 白い門のある家 (शिरोइ मोन नो आरु इए)	2. सफेद फा .क का एक घर (サフェーデュファタクカエクガール)
3. 月夜と眼鏡 (त्सुकियो तो मेगाने)	3. चांदनी रात और चश्मा (チャンドニラートオウルチャシマ)
4. 眠い町 (नेमुइ माची)	4. उनींदा शहर (ウニンダシェヘル)
5. 注文の多い料理店 (चूमोन नो ओइ रयोरितेन)	5. अनन्त फ़रमाइशों का भोजनालय (アナントファルマイ

		ショカボジナラヤ)
6.	どんぐりと山猫 (दोनगुरि तो यामानेको)	6. बन बिलाव (バンビラウ)
7.	狐の窓 (खित्सुने नो मादो)	लोमड़ी की खिड़की (ロムリーキキルキー)

नाक बनी मुसीबत

शिगा नाओया, आकुतागावा रयूनोसुके, आरिशिमा ताकेओ, मात्सुतानी मियोको

ナクバニムシーバト

志賀直哉,
芥川龍之介, 有島武郎, 松谷みよこ

1.	小僧の神様 (कोज़ो नो कामीसामा)	1. नन्हे का भगवान (ナンヘカバグワン)
2.	城の崎にて (किनोसाकी निते)	2. किनोसाकी से (キノサキーセ)
3.	鼻 (हाना)	3. नाक बनी मुसीबत (ナクバニムシーバト)
4.	一房の葡萄 (हितोफुसा नो बुदो)	4. अंगूर का एक गुच्छा (アングールカエクグッチャ)
5.	黒猫四代 (कुरोनेको योन्दाइ)	5. एक और काली बिल्ली (エクオウルカリービッリー)

मृतात्मा का गीत

आबे कोबो, साता इनेको, हायाशी फुमिको

ミリッタトマカギート

安部公房, 佐多稲子, 林富美子

1.	キャラメル工場から (क्यारामेरु कोजो कारा)	1. कैरैमल कारखाने से (ケレマルカールカーネセー)

2.	死んだ娘が歌った शिन्दा मुसुमे गा उतात्ता)	2.	मृतात्मा का गीत (ミリッタトマ カギート)
3.	ふうきんと魚の町 (फूकिन तो उओ नो माची)	3.	अकार्डियन (アコルディヤン)

हथेली-भर कहानियां

कावाबाता यासुनारी *

ハテリーバールカハニヤン

川端康成

1.	秋の雨 (आकी नो आमे)	1.	पतझड़ की बारिश (パトジャルキバ リシュ)
2.	さざん花 (साज़ान्का)	2.	पुनर्जन्म (プナルジャンム)
3.	有難う (आरीगातो)	3.	धन्यवाद (ダニヤバード)
4.	日向 (हिनाता)	4.	धूप (ドゥープ)
5.	不死 (फुशी)	5.	अमर (アマル)
6.	母の眼 (हाहा नो मे)	6.	दृष्टि (ディリシティー)
7.	玉台 (तामादाइ)	7.	बिलियर्ड्स (ビリヤード)
8.	雀の媒酌 (सुज़ुमे नो बाइशाकू)	8.	बिचौलिया (ビチョリヤ)
9.	夏の靴 (नात्सु नो कुत्सु)	9.	जूते (ジューテ)
10	歴史 (रेकिशि)	10.	इतिहास (イティハス)
11.	胡 子盗人	11.	चोर

(गुमी नुसुबितो)	(チョール)
12. 夜天の微笑 (यातेन नो बिशो)	12. मुसकान (ムスカン)
13. 雨傘 (आमागासा)	13. छाता (チャター)
14. 顔 (काओ)	14. चेहरा (チェヘラ)
15. 喧嘩 (केन्का)	15. झगड़े (ジャグレ)

* संकलन व सम्पादन: डा॰ उ[illegible]ा सच्चिदानन्द

जापानी साहित्य दर्शन : मेइजी से शोवा तक

日本文学の旅: 明治から昭和まで

राशोमोन एवं अन्य कहानियां : आकुतागावा रयूनोसुके

ラショモンエワムアンヤカハニヤン

芥川龍之介

1. 羅生門 (राशोमोन)	1. राशोमोन (ラショモン)
2. 蜜柑 (मिकान)	2. संतरे (サンタレ)
3. 蜘蛛の糸 (कुमो नो इतो)	3. मकड़ी के जाल का एक तार (マカリケジャルカエクタール)
4. 杜子春 (तोशिशुन)	4. तोशिशुन (トシシュン)
5. 白 (शिरो)	5. शिरो (シロ)

सानशोदायु : मोरी ओगाई
サンショウダユ: 森 鴎外

1. 山 सानशोदायु	1. सानशोदायु (サンショウダユ)
2. 高瀬舟 (ताकासेबुने)	2. अंधेरे में एक नाव चलती थी (アンデレメエクナウチャルティーティー)
3. 最後の一句 (साइगो नो इक्कु)	3. आखिरी पंक्ति (アキリパンクティ)

बिन कान का होइची
कोइज़ुमी याकुमो
ビンカンカホイチ
小泉八雲

1. 耳なし芳一のはなし (मिमिनाशि होइची नो हानाशी)	1. बिन कान का होइची (ビンカンカホイチ)
2. 雪おんな (युकि ओन्ना)	2. बर्फ़ सुन्दरी (バルフスンダリー)
3. ものを言うふとん (मोनो ओ इउ फुतोन)	3. बच्चों की रज़ाई (バッチョンーキラシャーイ)
4. 宝石の涙 (होसेकी नो नामिदा)	4. आंसू बने मोती (アンスーバネモティー)
5. みずな (मिज़ुना)	5. कुनीज़ाका की ढलान (クニザカキダラン)
6. かたい約束 (काताइ याकुसोकु)	6. सोएमोन भूला नहीं (ソエモンブーラナヒン)